小辫子凯蒂

凯蒂骑自行车

文/图 〔比〕丽斯贝特·史蕾洁斯

西安出版社

让孩子爱上世界

"凯文和凯蒂"是一套幼儿生活绘本，阅读对象为 1-4 岁的儿童。

生活绘本内容多为帮助幼儿养成生活习惯、了解生活常识，偏重于实用性。

儿童阅读的绘本应该是多元的，有的偏重文学性，有的偏重科学性，有的偏重实用性，它们的价值没有高下之分。在幼儿阶段，生活绘本应该是幼儿阅读的重要类型。

"凯文和凯蒂"取材于幼儿的真实生活，几乎是每一位幼儿都会遇到的生活问题。例如，生病、搬家、分离、便便、交朋友、第一次购物、第一次理发。这些问题在大人们看来是小问题，甚至不是问题，在幼儿那里却是大问题，随时都困扰着孩子。教会孩子自己便便，或者让孩子愿意理发，父母们都知道，这并不是容易的事，有的父母甚至一筹莫展。"凯文和凯蒂"直面孩子的这些生活难题，站在孩子的立场，用孩子听得懂的语言去描述这些感受，并提供解决问题的方法。

童书的最大作用就是让小读者产生"同理心"。看到书中同龄人的表现，他也会想："我也应该像他一样！"当然，童书不是药到病除的药片，我们不能指望幼儿读完这套书后，马上就学会了便便，也愿意去理发、交朋友。不过，书的力量比直接的"训练"、"教育"更加柔性，更能被孩子接受。

"凯文和凯蒂"的画面颇具特色。作者始终把视线定位在孩子，从孩子的视角去观察。所以，居于画面中心位置的都是主人公凯文或凯蒂，而且几乎都是正脸对着小读者，很少有侧面，这符合低幼儿童的欣赏习惯。"凯文和凯蒂"的画面简洁，与文字形成很好的互补关系。两位主人公的造型可爱，随时挂在脸上的微笑带给孩子正向的安全感。还有，"凯文和凯蒂"的语言简单活泼，富有节奏感，幼儿完全能听懂。

"为孩子朗读"是这套书最重要的阅读方式。我希望买到这套书的家长，不要把它当做孩子识字的材料，也不要当成训诫的工具，而是让它成为亲子交流的渠道。每天花几分钟，抱着孩子分享一本书，让孩子看图画，你读出文字。父母的声音、丰富的图画、搂抱的温暖叠加在一起，让孩子从此爱上阅读，也爱上世界！

王林（儿童阅读专家、儿童文学博士）

嗨，我是凯蒂，这是我的自行车。

它有轮子、脚踏板、鞍座和一个小铃铛。

丁零零，真好玩。

我和小兔子已经吃过早饭，

现在我们要出门了。

5

今天，我们要骑自行车去外婆家，

爸爸会陪我一起去。

首先，我得戴上头盔，

万一摔倒了，

它可以保护我的小脑袋。

瞧我戴上头盔多酷！

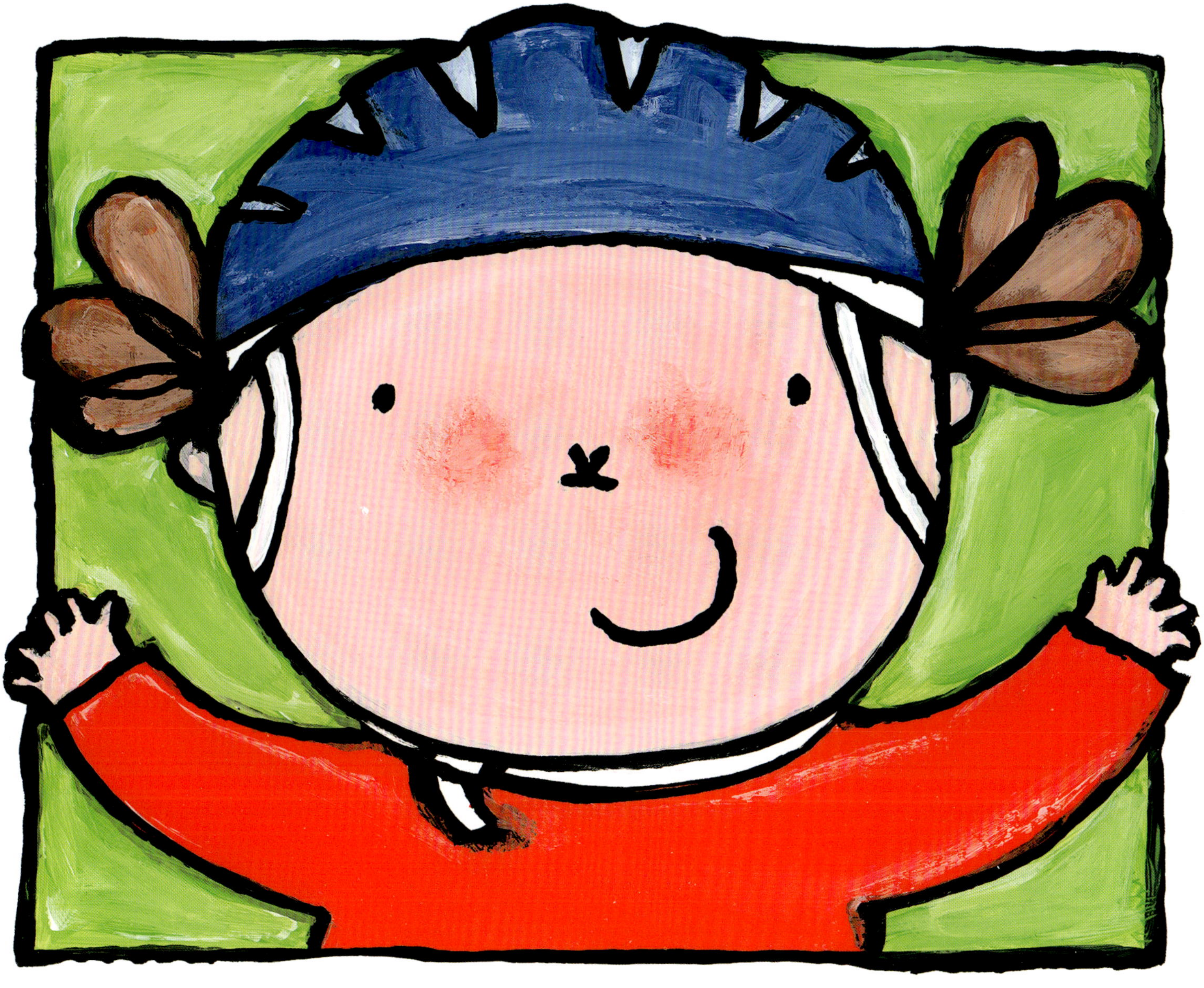

我还穿上了鲜艳的小背心，

它的颜色很亮，

容易引起司机叔叔的注意。

9

准备好啦，出发喽！

我用小脚蹬着脚踏板，

快看，自行车动起来了！

有后边的两个小车轮撑着，

我就不会摔倒了。

"凯蒂，你真棒！"爸爸说，

"沿着人行道骑，不要太快了。"

11

"知道啦,爸爸!"

我稳稳地骑着自行车,

还能及时刹车,

因为我已经在家练习好多遍了。

"太棒了!"爸爸开心地说,

"你都会刹车啦。"

13

"过马路时要停下来,

先看看对面的红绿灯。"

爸爸对我说,

"红灯亮了等一等,

绿灯亮了再前行。"

15

噢,快看,是凯文!

他就坐在小汽车里。

凯文也看见了我,他向我挥挥手。

"嗨,凯文!"我大喊,

"快看我的自行车。"

汽车开得太快了,

我只好跟凯文说再见。

17

跟在凯文后面的车停了下来。

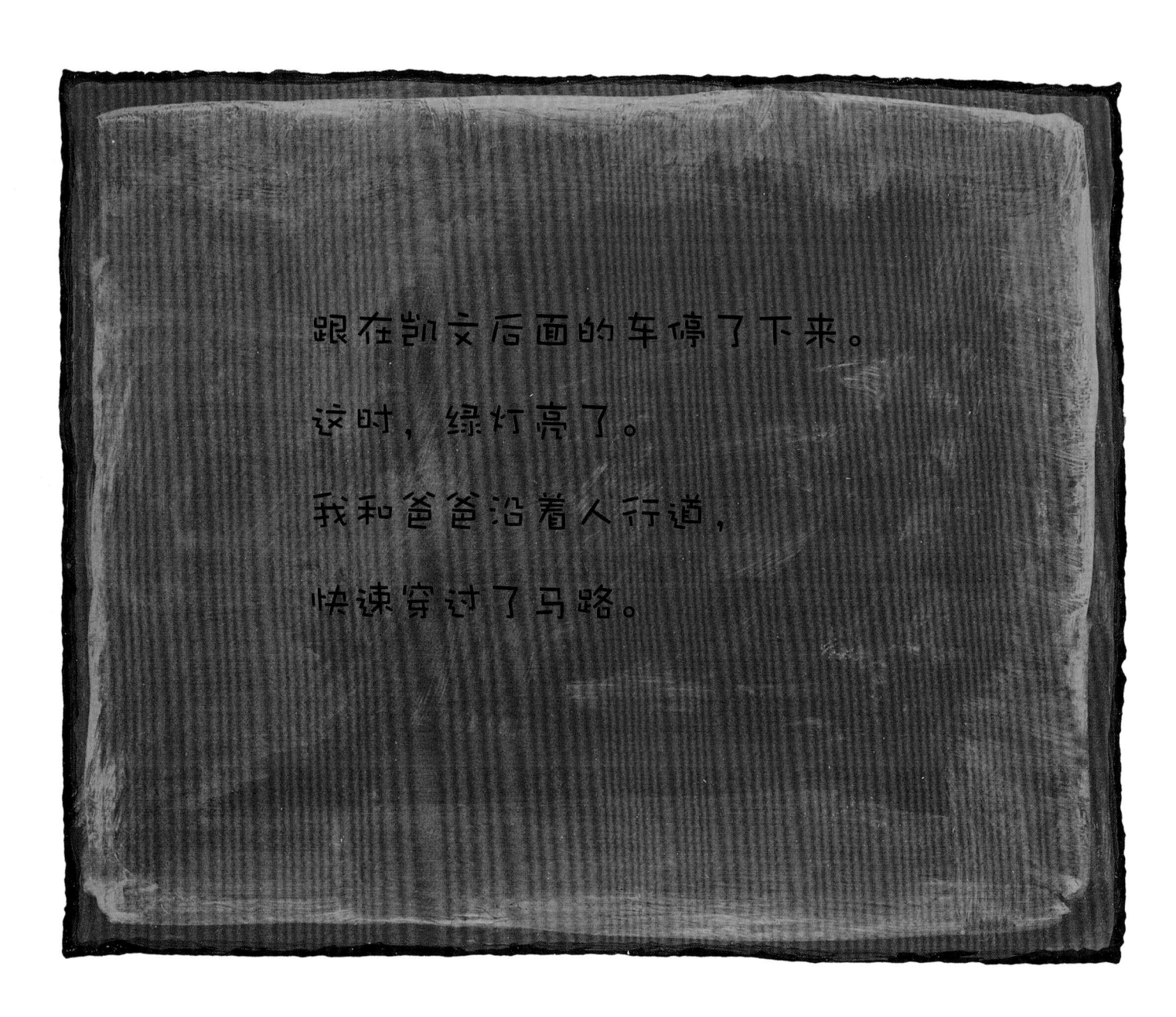

这时，绿灯亮了。

我和爸爸沿着人行道，

快速穿过了马路。

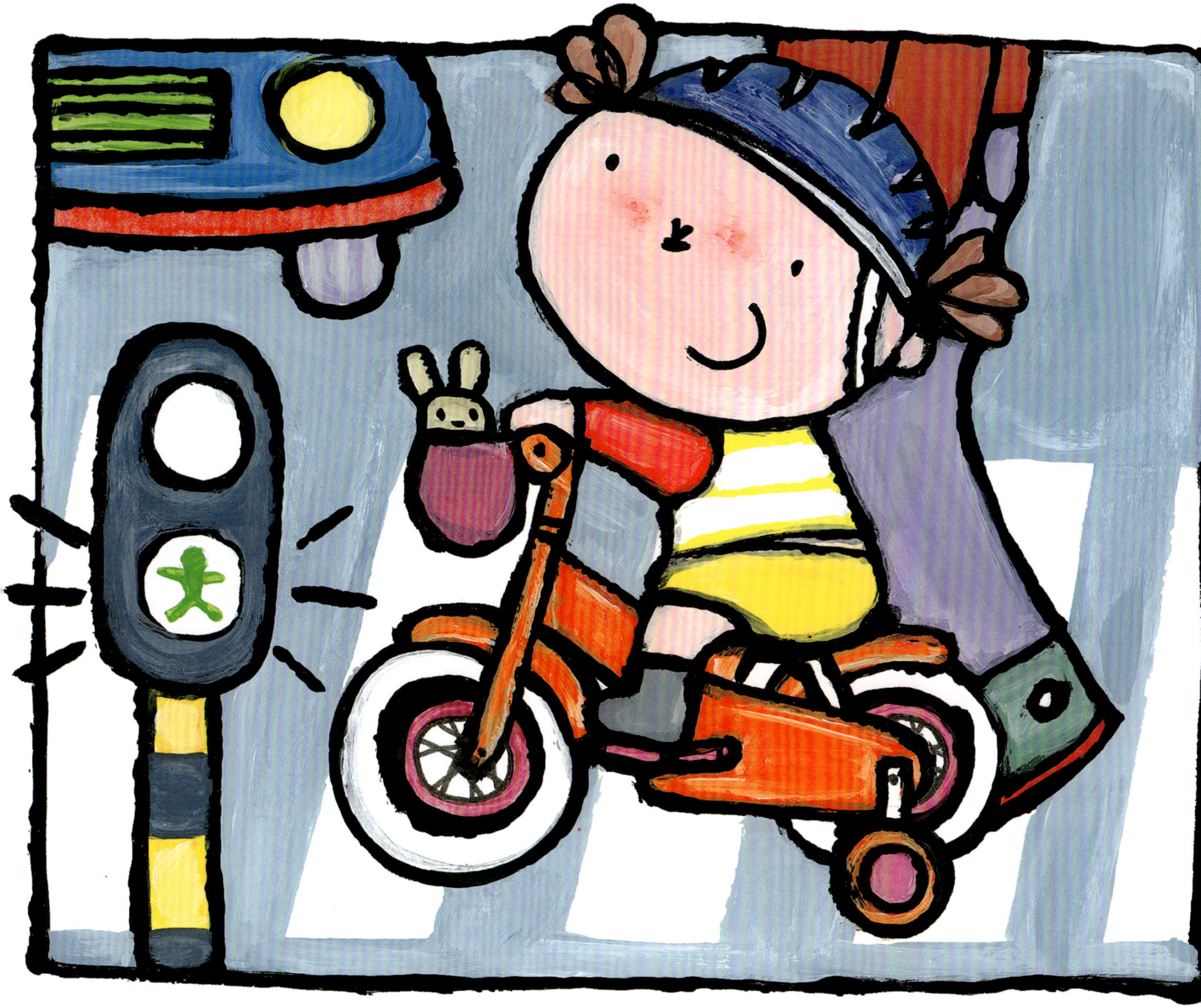

马路边有块草坪,
里面长着许多漂亮的花儿。
我把自行车停下来,
摘了些花儿打算送给外婆。

21

再过一个十字路口，

就到外婆家了。

这个十字路口没有红绿灯，

只有人行道。

我和爸爸左看看，右看看，

等到没有车了，才快速穿过马路。

23

外婆家到了,

她就在屋里呢。

丁零零!丁零零!

外婆听见车铃声,

从窗户看见了我。

"外婆你看,我会骑自行车啦!"

25

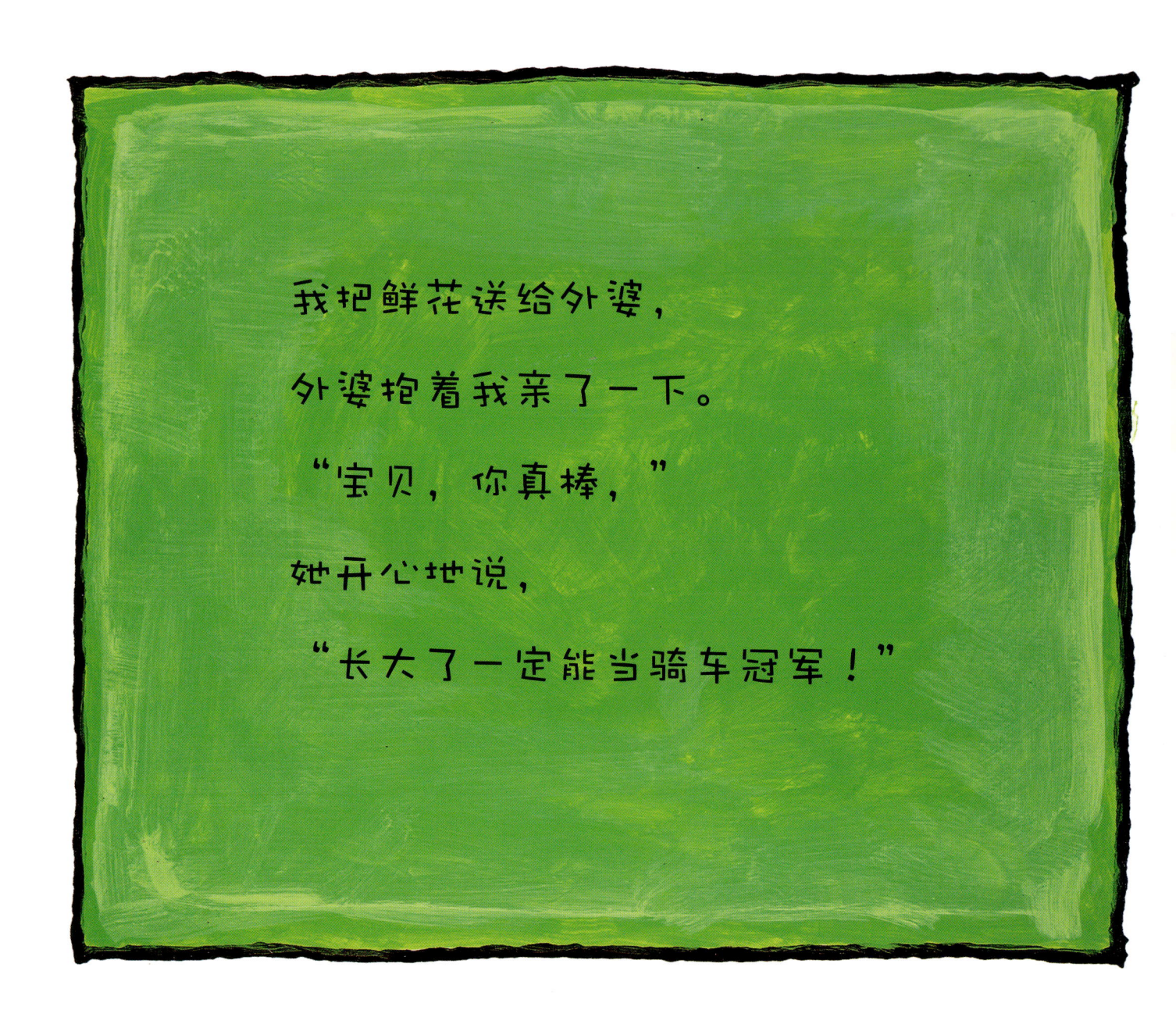

我把鲜花送给外婆，
外婆抱着我亲了一下。
"宝贝，你真棒，"
她开心地说，
"长大了一定能当骑车冠军！"

27

图书在版编目（CIP）数据

凯蒂骑自行车 / 比利时克莱维斯出版社著；西安曲江培豪出版传媒译. -- 西安：西安出版社，2014.6
（小辫子凯蒂）
ISBN 978-7-5541-0550-4

Ⅰ.①凯… Ⅱ.①比… ②西… Ⅲ.①儿童文学－图画故事－比利时－现代 Ⅳ.①I564.85

中国版本图书馆CIP数据核字(2014)第092686号

著作权合同登记号 25-2013-159 陕版出图登字（2013）23 号

Original title: Kaatje op de fiets
First published in Belgium and the Netherlands in 2012 by Clavis Uitgeverij, Hasselt-Amsterdam-New York.
Text and illustrations © 2012 Clavis Uitgeverij, Hasselt-Amsterdam-New York.
All rights reserved.
Written and illustrated by Liesbet Slegers.

小辫子凯蒂·凯蒂骑自行车

作　　者	〔比〕丽斯贝特·史蕾洁斯
译　　者	西安曲江培豪出版传媒有限公司
出 版 人	雷羡梅
策　　划	胡　睿
责任编辑	王　瑜
特约编辑	张迎霞　方　圆　傅嘉玮
美术设计	党　菲　李高选
发行热线	（029）86450193
	（029）89369838
网　　址	www.qjpeihao.com
出　　版	西安出版社
社　　址	西安市长安北路56号
电　　话	（029）85234619
邮政编码	710061
印　　刷	上海当纳利印刷有限公司
开　　本	889 x 1194mm　1/20
印　　张	1.4
字　　数	30千字
版　　次	2014年10月第1版
印　　次	2014年10月第1次印刷
书　　号	ISBN 978-7-5541-0550-4
定　　价	10.00元

版权所有　侵权必究
如有印装问题请与印刷厂联系调换

曲江培豪微信公众号　　曲江培豪图书专营店